# お父さんのV《ブイ》サイン

そうまこうへい・作　福田岩緒・絵

きょうは、わかば小学校《しょうがっこう》の　さんかん日《び》です。
あいの　クラス、二年二組《にねんにくみ》の　きょうしつの
うしろにも、にこにこ顔《がお》の　お母《かあ》さんや　お父《とう》さんが
いっぱいです。

「とくいが　いっぱい」という　こくごの　じゅぎょうの
あと、先生《せんせい》が　いいました。
「だれでも　とくいなことって、あるよね。

きょうは　せっかくだから、お母《かあ》さんや　お父《とう》さんの
とくいは　なにか　きいてみましょう」
　まず、林《はやし》あやかちゃんの
お父《とう》さんが　むねを　はって
こたえました。
「ぼくは、にちようだいく
かな。このあいだ、あやかに
本《ほん》立《た》てを　作《つく》って
やりました」

パチパチパチパチパチ、みんな　大《だい》はくしゅです。

つぎは、井上《いのうえ》だいきくんの
お母《かあ》さん。
「わたしは　お花《はな》を
そだてるのが　とくいです。
ことしも　おにわに
バラが
いっぱい　さきました」

パチパチパチパチ、またまた
みんな　大《だい》はくしゅです。
佐藤《さとう》みかちゃんの　お母《かあ》さんは、
あんざんが　とくい。

中野《なかの》マリちゃんの
お母《かあ》さんは、
あみものが　とくい。

松田《まつだ》こうへいくんの　お父《とう》さんは、
やさい作《づく》りが　とくい。

さあ、つぎは、あいの
お父《とう》さんが　こたえる　ばんです。
あいは、お父《とう》さんの
ばんが　近《ちか》づくに　つれて、
むねが　ドキドキ　してきました。
お父《とう》さん、なんて　こたえるかなあ？

お父《とう》さんの　とくいって
なんだったかなあ？
でも、あいよりも　もっと
ドキドキ　していたのは
お父《とう》さんの　ほうです。
「えーっ、ぼ、ぼくの　とくいは、
えーと、えーと」
お父《とう》さんは、
あがりしょう　なのです。

よく　見《み》ると、あつくないのに　はなの　頭《あたま》に
あせを　かいています。お父《とう》さんは、とても
ふとっていて　あせっかき　なのです。
そんな　お父《とう》さんを　見《み》ている　あいも、
となりの　せきの　筒井《つつい》あきらくんに
きこえるんじゃないかと　しんぱいに　なるくらい、
むねの　ドキドキが　大《おお》きく　なりました。
ことばに　つまって　十《じゅう》びょう　くらいして、やっと、
お父《とう》さんは、はやくちで　いいました。

「とくいなのは、
かけっこかな。
ときょうそうは、
いつも　いちばん
でした」

みんなは　いがいだったのか、すこしの　まが
ありましたが、だいきくんが
「すごい」
というと、パチパチパチパチ、いままで　いちばん
大《おお》きな　はくしゅが　おきました。
へえーっ、そうだったんだ。お父《とう》さんは、そんな
すごいこと、わたしに　かくしていたんだ。
ちっとも　しらなかった。
お父《とう》さんて　はずかしがりやさんだから……。

あいも　みんなと　いっしょに
大《だい》はくしゅを　しました。
お父《とう》さんは、はなしおわった　というよりも、
走《はし》りおわった　あと　みたいな
ボーッとした　顔《かお》を
していました。

それから　一《いっ》か月《げつ》ぐらい　たった　五月《ごがつ》の　ある日《ひ》。
「おかえりなさーい！」
あいは、会社《かいしゃ》から　かえった　お父《とう》さんを
げんかんまで　走《はし》って　むかえに　いくと、
にこにこ　しながら　いいました。
「お父《とう》さん、かっこいいとこ　見《み》せられるよ。
うんどう会《かい》で　お父《とう》さんたちの　リレーが
あるんだって。ぜったい　でてよね。
わたし、みんなに　やくそく　しちゃったよ」

「お、お、お父《とう》さんリレーって！
や、や、やくそく　しちゃったって！……」
お父《とう》さんは、こんどは　千《せん》メートル　走《はし》りおわった
みたいな　顔《かお》に　なっています。
お父《とう》さんが　あせったのも
むりは　ありません。
たしかに、お父《とう》さんは
かけっこが　とくいで、ときょうそうで
いつも　いちばん　だったのは　ほんとうです。

でも　それは　あいと　おなじ　小学生《しょうがくせい》の　ころの
はなしで、いまは……。
むかしは　ほっそり　していた　お父《とう》さん　ですが、
会社《かいしゃ》に　はいった　ころから　だんだん　ふとりだして、
いまは　たいじゅう
九十六《きゅうじゅうろっ》キロ。

五十《ごじゅう》メートル　走《はし》っても　いきぎれ　しちゃうくらい
走《はし》るのが　にがてに　なって　いたからです。

「お父《とう》さん、おうえん　するからね」
という　あいに、お父《とう》さんは、
ちゅうとはんぱな　わらい顔《がお》で　うなずくと、
「おかーたん、きょうは　ごはんの　まえに
おフロに　するよ」
声《こえ》が　うらがえって　しまいました。

ザーッ、
お父《とう》さんが
おフロに　はいると、
おゆが　たきの
ように　あふれます。

おフロに
つかりながら、
お父《とう》さんは
かんがえました。

おフロから　でたら　すぐに　あいに　いおう、
走《はし》るのは　いまは　にがてだって。
そして　うんどう会《かい》の　ある日《ひ》は、
会社《かいしゃ》に　ようじが　あるからって　ことにして……。
いやいや、いけない。
ウソは　いけない。ぜったいに　いけない。
それに、そんな　ウソを　ついたら……。
あいが、やくそくを　やぶることに　なる……。
こまった。

ああ、あのとき、ちゃんと
子《こ》どもの　ころって　いえば　よかった。
あせっちゃったんだ。
とくいな　ことが　ぜんぜん
おもいうかばなくて、
頭《あたま》が　まっ白《しろ》に
なっちゃったんだ。
どうしよう……。
うんどう会《かい》まで　二《に》しゅうかんか……。

三十分《さんじゅっぷん》くらい　たったでしょうか。
お父《とう》さんの　顔《かお》は
のぼせて　まっ赤《か》です。
そして、ついに
お父《とう》さんは
けっしん　しました。
よおし、おれも　男《おとこ》だ！
にげるなんて　ひきょうだ。
れんしゅうだ、れんしゅう　しよう！

むかしは　クラスの　だれよりも　はやかったんだ。
〝とっくん〟すれば、なんとか　なるかも　しれない。
いや、きっと　なんとか　なる！

「あなた、だいじょうぶ？」
あんまり　お父《とう》さんの　おフロが　ながいので、
お母《かあ》さんが　しんぱいして、声《こえ》を　かけました。
なが～い　おフロから　でてきた　お父《とう》さんは、
それこそ　マラソンを　走《はし》りおわった　みたいな

ヘロヘロの　顔《かお》を　して、あいに　いいました。
「あい、お父《とう》さん、あいに、とっても
だいじな　はなしが　あるんだ」

「さんかん日《び》に、
かけっこが　とくいって
お父《とう》さん　いったけど……。
あい、ごめん。
ほんとうに　ごめん。

ほんとうは
とくいだったって
いえば　よかったんだ」
「えっ！
とくいだったって？」
「そうなんだよ。
小学生《しょうがくせい》の　ころは　お父《とう》さん、
いつも　一《いっ》とうだった。でも、いまは……」
「いまは　とくいじゃ　ないの？」

「うん、にがて。すごく　ふとっちゃったから、
走《はし》ると　すぐに　いきが　きれるし、
とても　はやく　走《はし》る　じしん　ないんだよ」
あいは　ショックで　しばらく　声《こえ》が　でませんでした。
お父《とう》さんリレーが　あると　きいて、
ちょうしに　のって
「お父《とう》さん、リレーに　でるよ」
と　いっちゃったのです。
クラスの　みんなの「わーっ」と　もりあがる　声《こえ》が

あいの　耳《みみ》に　いまも　きこえます。
「お父《とう》さん、わたし、みんなに……」
あいの　ことばを　さえぎって、お父《とう》さんは
うんどう会《かい》の　せんせい　みたいに　力《ちから》づよく
いいました。
「あい、お父《とう》さんは　リレーに　でるよ。
こうなったもとは、せいかくに　いわなかった
お父《とう》さんの　せいだ。
お父《とう》さんは　ちょうせん　するよ。

〝とっくん〟だよ、
〝とっくん〟。
いっしょうけんめい
れんしゅうして、
うんどう会《かい》で　お父《とう》さんが
はやいって　ところを
きっと　見《み》せてやる。
一《いっ》とうに　なって、あいに
V《ブイ》サインを　見《み》せてやる」

あいは、お父《とう》さんの　こんな　しんけんな　顔《かお》を
いままで　見《み》たことが　ありませんでした。
お父《とう》さんは　ほんきだ。その　しょうこに、
お父《とう》さんの　目《め》には　なみだが
にじんで　います。
お父《とう》さんの　つよい
けついに　つられて、あいも
せんせい　しました。
「かってに　やくそく

しちゃって　お父《とう》さん、ごめんなさい。
お父《とう》さんが　〝とっくん〟するなら、わたしも
お父《とう》さんと　いっしょに　〝とっくん〟する！」

つぎの　日《ひ》から、お父《とう》さんと　あいの
〝とっくん〟が　はじまりました。

「ダメダメ、走《はし》る　ときは　あごを　ひく！」

「手《て》は　しっかり　にぎって　大《おお》きく　ふるんだ！」

「ももは　もっと　高《たか》く　あげて！」

お父《とう》さんは、あいに　そう　いいながら、
ほんとうは　じぶんに　いいきかせて　いるのでした。
たった　二《に》かい　ダッシュを　しただけで
お父《とう》さんは　もう、あせ　びっしょりです。

ふたりは　ダッシュを　くりかえします。
なんども　なんども、なんども　なんども。

「お父《とう》さん、もう　おわりに　しようよ」
あいが　いっても、お父《とう》さんは
「あいは　やすんでろ、お父《とう》さんは　まだまだ」
といって　ダッシュを　やめようと　しません。
あたりは　もう　すっかり　くらく　なっていました。
お父《とう》さんは　ほんとうに　ほんきです。

ヘトヘトに　なりながら、お父《とう》さんは　いいます。
「あい、たいせつなのは、さいごまで　ぜんりょくを
だしきる　ことなんだ。あきらめたら　ダメ。
どんな　ことが　おきるか　わからないのが、
スポーツだ。
だから　さいごまで、ぜんりょくだぞ」
お父《とう》さんは、うんうんと　うなずきながら　そういうと、
やっと　さいしょの　日《ひ》の　〝とっくん〟が　おわりました。
そして、お父《とう》さんと　あいの　〝とっくん〟は、

つぎの　日《ひ》も、つぎの　日《ひ》も、つぎの　日《ひ》も……。
うんどう会《かい》の　まえの　日《ひ》まで、まいにち　つづきました。
二《に》しゅうかんで、お父《とう》さんの　たいじゅうは
五《ご》キロも　へっていました。

そして　ついに　うんどう会《かい》の　日《ひ》に　なりました。
「つぎはー　ちちおやー　クラスたいこう　リレーでーす」
きょうとう先生《せんせい》の　アナウンスの　声《こえ》が、
こうていに　ひびきます。

ごぜんちゅうに　あった
ときょうそうで、あいは
〝とっくん〟の　おかげで
みごと　一《いっ》とうに
なりました。

こんどは、いよいよ　お父《とう》さんの　ばんです。
一組《いちくみ》から　四組《よんくみ》までの　お父《とう》さんが　ならんで、
かけ足《あし》で　にゅうじょう門《もん》から　スタートラインに
むかいます。
あいの　クラスの　二組《にくみ》は　青《あお》の　はちまきです。
あいの　お父《とう》さんは、れつの　いちばん　うしろ、
アンカーの　しるしの　たすきを　かけています。
「あいちゃんの　お父《とう》さん、かっこいい！」
そういったのは　筒井《つつい》あきらくん　です。

「ほんとうだ、はやそう！」

「あいちゃんの　お父《とう》さんが　さいごだから

あんしんだね」

クラスの　みんなが、くちぐちに　いいます。

きっと　お父《とう》さんは、やってくれる。
だって　あれだけ　れんしゅう　したんだもの。
でも、ほかの　組《くみ》の　お父《とう》さんも
はやそうに　見《み》える……。
あいは、きたいと　ふあんで、むねが　ドキドキ
してきました。
いっぽう、あいの　お父《とう》さんは、いつもと　ちがって
おちついていました。
もう、やるっきゃない、という　しんきょうです。

そう、頭《あたま》の　さきから　足《あし》の　さきまで、
ぜんしんに　ファイトが　みなぎって　いました。

「いちに　ついてー」
「よーい　ドン！」
だい一走《いちそう》しゃが、
スタートを　きりました。

ワーッ、子《こ》どもたちが
大《だい》かんせいを　あげます。
ぬいたり　ぬかれたりの
大《だい》せっせんで、一位《いちい》が
ころころと　かわります。

いよいよ　アンカーの　ばんです。
あいの　組《くみ》の　二組《にくみ》は、トップ！　トップ　です！
二位《にい》の　三組《さんくみ》との　さは　十《じゅう》メートル　くらい。
一組《いちくみ》と　四組《よんくみ》は、三組《さんくみ》から　三《さん》メートルほど
はなされて　います。
うんどうじょうを　一《いっ》しゅうすれば　ゴールです。
ワーッ、ワーッ、子《こ》どもたちの　かんせいが、
いちだんと　大《おお》きく　なります。
あいの　お父《とう》さんが、バトンを　うけとって

走《はし》りだしました。
　あごを　ひいて、
手《て》を　しっかりと
にぎって　大《おお》きく　ふって、
そして、ももは
高《たか》く　あげて！
　それは、お父《とう》さんが
いっていた　りそうの
フォームでした。

五《ご》キロ　やせたと　いっても、まだまだ
お父《とう》さんは　ふとって　います。
ドカドカ　走《はし》る　お父《とう》さんの
すがたは　大《だい》はくりょくです。
おうえんせきの　あいも、
はを　くいしばって、手《て》を
しっかり　にぎって　います。
心《こころ》の中《なか》では、あいも　お父《とう》さんと
いっしょに　走《はし》っているのです。

お父《とう》さんは、けんめいに　走《はし》ります。
でも、どうした　ことでしょう。
お父《とう》さんと　三組《さんくみ》との　さが、だんだん　ちぢまって
いくでは　ありませんか。
りそうの　フォームなのに、お父《とう》さんの　スピードは
あがりません。
すこし　おおげさに　いうと、それは　まるで、
ちょっと　はやい　スローモーションを
見《み》ている　みたいです。

十《じゅう》メートル　あった　三組《さんくみ》との　さが、
八《はち》メートル、七《なな》メートル、六《ろく》メートル！
三組《さんくみ》　ばかりでは　ありません。
一組《いちくみ》も　四組《よんくみ》も　せまって　きています。

「あーっ、ぬかれるー」
あいは、むねが　キューッと
しめつけられる　ような　きが　しました。
にぎりしめた　手《て》のひらは、あせで　びっしょりです。

「お父《とう》さん、がんばって！」
あいは、心《こころ》の中《なか》で　なんども
なんども　さけび　つづけました。
すると、あいの　きもちが
つうじたのか、五《ご》メートルまで
せまられた　お父《とう》さんと
三組《さんくみ》との　さが、
それいじょうは　ちぢまりません。
いや、ちぢまらない　どころか、

ぎゃくに　じりじりと　ひろがって　います！

〝とっくん〟の　おかげです。
走《はし》りだして　五十《ごじゅう》メートルを　こえた　あたりから、
ほかの　お父《とう》さんの　スタミナは　きれはじめ、
あごが　あがり　フォームも　みだれだしたのに、あいの
お父《とう》さんは、スタート　したときと　かわりません。
いいぞ、お父《とう》さん　その　ちょうし！
ワーッ、二組《にくみ》の　みんなが　かんせいを　あげます。

ゴールまで　あと　四十《よんじゅう》メートルに　なりました。
お父《とう》さんの　ペースは　いぜん　かわりません。
三組《さんくみ》との　さ、も、八《はち》メートルに　ひろがりました。
やったあ、もう　トップは　まちがいない！　と、
あいも　二組《にくみ》の　みんなも　思《おも》った　そのときです。
かいちょうに　走《はし》っていた　お父《とう》さんの　足《あし》が
もつれて、トッ、トッ、トットと　まえに
つんのめったかと　思《おも》うと、バタッと　お父《とう》さんは
すごい　いきおいで　ころんで　しまいました。

あいは、思《おも》わず　りょう手《て》で　目《め》を　おおいました。
ころんだ　お父《とう》さんを、あっと　いうまに　三組《さんくみ》が、
一組《いちくみ》が、四組《よんくみ》が　ぬいて　いきました。
お父《とう》さんは　すぐに　立《た》ちあがったのですが、
そのときには、もう　トップの　三組《さんくみ》は　ゴールの
すぐ　まえでした。
一組《いちくみ》も　四組《よんくみ》も　ゴールまで　あと　わずかです。
もう　だめだ、と　あいは　思《おも》いました。
お父《とう》さんが、いくら　がんばっても、おいつくのは

とても　むりです。
あいは、からだじゅうの
力《ちから》が　ぜんぶ　ぬけて
いくような　きが　しました。
でも、お父《とう》さんは
走《はし》って　いました。
ころんで　みぎ足《あし》を
くじいたのか、すこし
ひきずっては　いましたが、

お父《とう》さんは、けんめいに
走《はし》って いました。
あごを ひいて、
手《て》は しっかり にぎって
大《おお》きく ふって、そして、
ももは 高《たか》く あげて！
お父《とう》さんと あいの、
り・そ・う・の フォームで。
あいは、大《おお》きな 声《こえ》で

さけびました。
「お父《とう》さん、がんばれ!」
その声《こえ》が　あいずに　なった
みたいに、クラスの　みんなも
大声《おおごえ》で　おうえん　します。
もう　一組《いちくみ》も　四組《よんくみ》も
ゴール　しています。
ゴールまで　あと
十五《じゅうご》メートル、十《じゅう》メートル、

また、お父《とう》さんの　足《あし》が　もつれます。
あと　七《なな》メートル、
お父《とう》さんと　あいは　心《こころ》の中《なか》で　おなじ　ことばを
さけび　つづけて　いました。

「さいごまで」「さいごまで」

やっと、お父《とう》さんは　たおれる　ようにして
ゴール　しました。

クラスの　みんなが、はくしゅ　しています。
いや、二《に》組《くみ》だけじゃなく、ほかの　クラスの　子《こ》も、
かんきゃく　みんなが
お父《とう》さんの　がんばりに、かんどうして
はくしゅ　しています。

あいは、はくしゅ　するのも　わすれて　手《て》を
むねに　ギュッと　かたく　にぎりしめた　ままです。
お父《とう》さん　すごかったよ、
さいごまで　がんばったよね、お父《とう》さん。

たいじょう門《もん》に　かけ足《あし》で　むかう　お父《とう》さんに、
あいが　おもいっきり　手《て》を　ふると、
お父《とう》さんは　てれくさそうに、あいだけに　わかる
ちいさな　V《ブイ》サインを　しました。

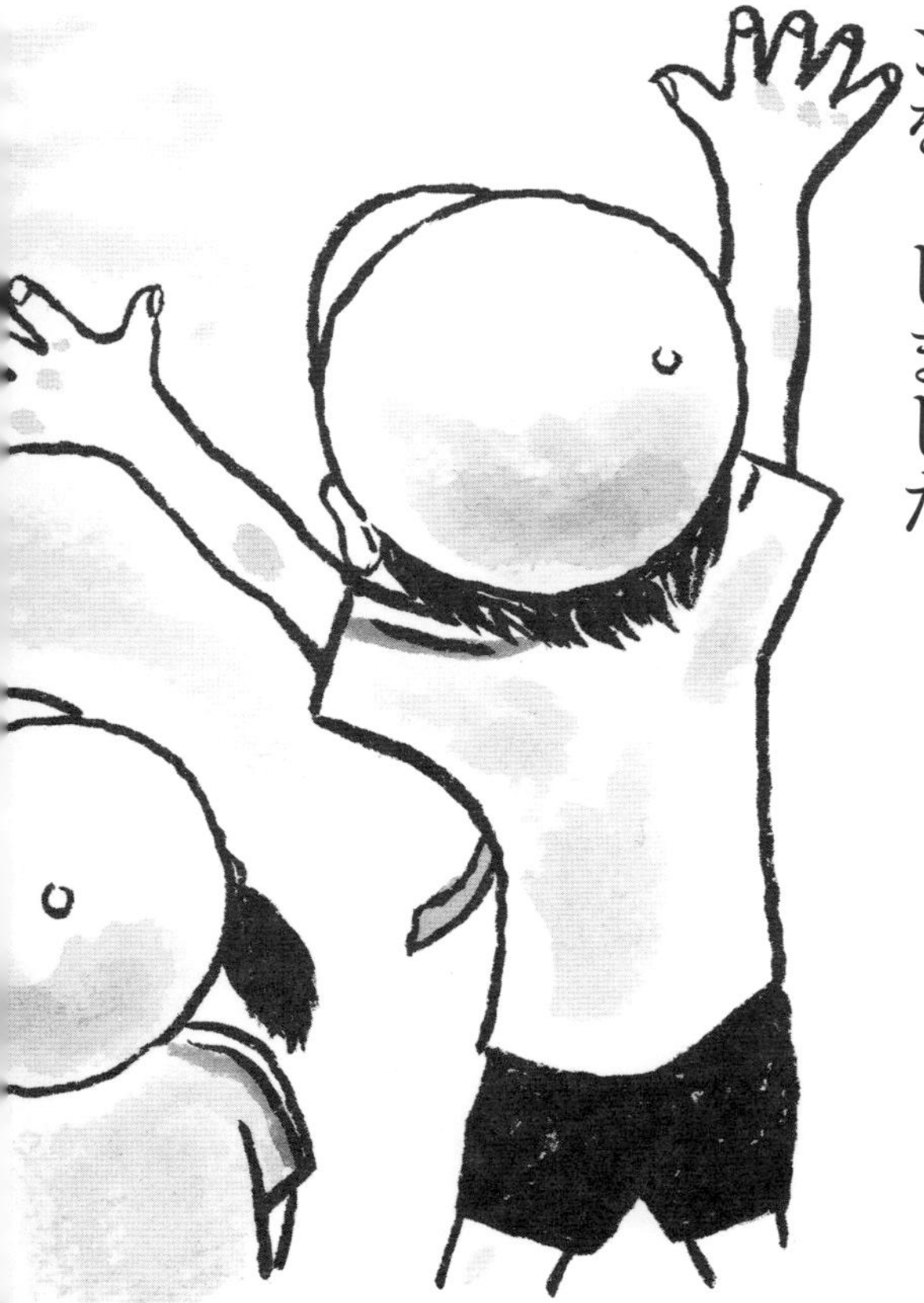

作者
## そうまこうへい
岡山県生まれ。コピーライター、絵本作家。『ぼくのおとうさんははげだぞ』（架空社）、『おばあちゃんの絵てがみ』、『ピッピのかくれんぼ』（絵・たかはしかずえ／PHP研究所）、『どうぶつかぞく』（絵・さくらももこ／小学館）、『おとうさんの絵』（絵・忌野清志郎／マガジンハウス）、『もしもであはは』（絵・あさぬまとおる／あすなろ書房）、『はじめてのゆうき』（絵・タムラフキコ／小峰書店）など、〝家族〟をテーマにした作品が多数ある。

画家
## 福田岩緒（ふくだいわお）
岡山県生まれ。日本児童出版美術家連盟会員。『がたたんたん』（ひさかたチャイルド）で絵本にっぽん賞受賞。絵本に『おならばんざい』（ポプラ社）、『おつかいしんかんせん』（草炎社）、『あかいセミ』（文研出版）、絵童話に『夏のわすれもの』（文研出版）、さし絵に「3年1組ものがたり」シリーズ（新日本出版社）、『吹きぬけの青い空』（学習研究社）などの作品がある。あきる野市在住。

おはなしだいすき
**お父さんのVサイン**
2012年6月28日　第1刷発行
2013年4月20日　第3刷発行
作者　そうまこうへい
画家　福田岩緒
発行者　小峰紀雄
発行所　株式会社 小峰書店
〒162-0066
東京都新宿区市谷台町4-15
TEL．03-3357-3521
FAX．03-3357-1027
装幀　津久井香乃古（エジソン）
印刷　株式会社 精興社
製本　小高製本工業 株式会社
NDC913　63p　22cm



ISBN978-4-338-19223-1
http://www.komineshoten.co.jp/